CAFÉ & CIGARROS

Entre em contato com o autor:

Redes sociais:

- Twitter e Instagram: @PsiTiagoCabral
- www.tiagocabral.com

Distribuição: Amazon

E-ISBN: 9798670983709

Selo editorial: Independently published

3

Quando Deus criou o mundo, os homens pararam para observar as maravilhas de suas nações. No entanto, eles perceberam que vários países tinham desastres naturais como vulcões e terremotos enquanto percebiam que o Brasil não tinha nada e foram reclamar com o Senhor que prontamente respondeu: "vocês estão reclamando porque não viram os políticos que eu vou mandar pra lá"

— Anedota popular de autor desconhecido.

PRÓLOGO

O texto a seguir foi publicado de forma semanal na rede social de escritores e leitores conhecida como *Wattpad*[1] chegando a casa das milhares de leituras e generosos comentários dos leitores. Tentando emular estilos de narrativas pulp como o livro homônimo de Charles Bukowski, e se inspirando em outros clássicos personagens como os de Orson Wells e até mesmo no clássico Chinatown, "Café & Cigarros" traz o típico detetive falido e canastrão que se arrasta pelas sarjetas do mundo lidando com os mais diversos tipos de pessoas. Então qual seria o diferencial dessa história além das referências? Tentamos nesse texto regionalizar a cultura do detetive *noir* trazendo para a realidade do Brasil polarizado e rasgado pela desigualdade social e pela corrupção levando o leitor aos lugares mais abissais da realidade do brasileiro médio.

Não se assuste, pois esse livro recorta o que há de pior em nossa sociedade de uma forma quase que caricata

---

[1] Rede social onde escritores compartilham ebooks de forma gratuita.

e toda semelhança com a realidade é mera coincidência.

"TRABALHO"

Nada acontece.

Era uma noite quente e chuvosa e eu me dei folga.

Um corno havia me contratado para vigiar sua mulher e obter prova cabal do adultério, mas a ficha de sua senhora era longa e amplamente conhecida na sociedade. Mas ele queria gastar dinheiro com um detetive particular, e eu estava a fim de receber. Já tinha um acervo de fotos da devassa esposa, mas continuava enrolando o corno e assim lhe arrancando mais dinheiro.

E por isso, me dei uma noite de folga.

Com um cigarro entre os dedos, jazia deitado na cama regendo a orquestra de sombras que se moviam no meu teto ao ritmo do jazz que vinha do meu celular barato.

Eu nunca imaginei que seria um detetive particular.

Mas algumas pessoas têm dons. Uns têm o dom valioso de ganhar dinheiro, outros contam histórias, eu sou bom em descobrir segredos, os mais profundos segredos da alma das pessoas.

Todo mundo tem uma rotina, e se você aprender a olhar direito vai perceber os fetiches, os maneirismos e os segredos de qualquer um em plena luz do dia. Sem esforço.

Mas hoje não, hoje eu estava de folga. O corno estava me pagando pela folga, mas não precisava saber disso.

Eu acho interessante como nos motéis ninguém te faz perguntas. Chega a ser mais confortável que um hotel convencional. A primeira vez que usei um quarto fiquei pensando que iriam questionar o fato de alguém ir sozinho para um lugar onde geralmente se vai acompanhado. Mas eles mal te enxergam dentro do carro, apesar das câmeras.

Talvez queiram dar a falsa sensação de que seu segredo está seguro com eles. Não existem segredos que possam ser guardados para sempre.

A mentira é como essas pessoas que tentam criar animais selvagens em casa. Você pode criar um leão desde pequeno no seu quintal, mas por mais que ele seja domado e se acostume a viver na sua casa, você sabe que uma hora ele foge, ou se vira contra você.

É por isso que de vez em quando eu fico pensando no meu trabalho, sobre como ele é baseado nas ansiedades e inseguranças das pessoas.

Eu até entendo que a gente vive num país onde a justiça só funciona para e a favor dos ricos, e que existe uma ilusão de que o meu trabalho substitua esse vácuo deixado pelo estado.

Mas o que funciona mesmo é deixar pra lá, e a verdade aparece. Sozinha. Como aquele leão criado no quintal. Isso porque animais selvagens criados em cativeiro uma hora acabam machucando alguém.

Assim é a mentira.

A janela do meu quarto é a única aberta no prédio do motel. Eu não me incomodo com os gemidos performáticos no quarto ao lado. Pra ser sincero eles até combinam com o Jazz melindroso tocando no meu celular.

No escuro não existem cores e eu me sinto num filme noir. Minha alma se contorce como a fumaça do cigarro que se expande e desaparece. Tomo mais um gole do veneno e sinto o meu corpo relaxar quando trago logo em seguida.

Eu sou um fantasma, uma alma penada.

No Brasil, em pleno Século XXI eu ganho a vida como detetive particular - ou seria pilantra particular? Em plena pós-modernidade eu sou um cara de meia-idade com uma profissão extinta e hábitos ultrapassados. Quem ainda fuma? Quem ainda escuta jazz?

A mulher no quarto ao lado começa a gritar de um jeito estranho, mas isso não é assunto meu.

Nada acontece... Nada acontece.

"CARIDADE"

Nada acontecia quando a senhora humilde entrou no meu escritório que fica num edifício sujo cheio de advogados de porta de cadeia, videntes e prostitutas. O jazz tocava

Me olhou com súplica sob seus óculos fundo de garrafa e sem falar nada procurou nas bolsas de plástico descartável, em meio a um emaranhado de papel sacou uma foto que colocou sobre a mesa.

Mais um doido.

Esse é o pior tipo de cliente, aquele que não bate bem das bolas e ainda pensa que você vai trabalhar de graça pra eles. Mas eu escuto qualquer história sobre mais um cara que desaparece sem deixar rastros, e mais uma vez escuto reclamações sobre a ineficiência da polícia.

Conto pra ela que minha diária é duzentos reais.

A história da dona é de cortar o coração. Ela fala sobre como o seu filho é trabalhador, sobre como ele nunca tinha se envolvido com coisas erradas e desapareceu depois de uma batida policial na favela.

Tocante. Mas a minha diária continua sendo duzentos reais.

Eu penso comigo mesmo sobre quantos "rapazes de família" já encontrei na valeta, executados por dívidas com o tráfico. Ou mesmo na polícia que é tão confiável quanto um bando de cães raivosos.

A senhora seca as lágrimas. Ela sabe que isso não vai funcionar comigo. Ele deve ter percebido a apatia no meu semblante e a forma como eu olho pros arquivos em cima da minha mesa.

Esses arquivos são uma história engraçada:

Quando eu comecei nesse ramo, após perder meu outro emprego, meu escritório era completamente organizado e cheirava a óleo de peroba. Pensava que isso ia atrair os granfinos pra minha armadilha.

Foi então que um dos advogados pilantras do prédio me chamou na sala para "orçar" um serviço.

O escritório do cara tinha papel saindo pelo ladrão, tudo com letra pequena, cheio de carimbos e assinaturas. Pensei: o cara deve ser importante, olha a quantidade de serviço que ele tem.

Na minha inocência comentei isso com ele. O safado do doutor me disse que havia aprendido essa técnica quando trabalhou no serviço público. Sempre tenha a mesa bagunçada, ele me aconselhou, porque parece que o sujeito está sempre atarefado. Isso espanta os curiosos, atrai respeito daqueles que trabalham de verdade.

Por isso tratei de encher minha estante de caixas de arquivos. Consegui uns livros de direito velhos que, num país que muda a lei todo dia, já haviam caducado há algumas décadas.

Eu também gosto de registrar meus casos. Estou fazendo isso agora. Mas imprimo várias cópias desses registros e deixo os mais recentes sobre a mesa.

Continuei olhando para o arquivo sobre a mesa, meio que dizendo à idosa que se ela não fosse me pagar eu tinha mais o que fazer. A pobre coitada estava em silêncio.

Nada acontece.

"JANTAR"

A mulher ficou pálida quando eu mostrei as fotos. Eu tinha dito a ela que não precisava ver, que ela podia confiar em mim, que o conteúdo iria lhe tirar do sério. Mas ela quis ver.

Eu também iria querer, principalmente se tivesse pago quase mil reais por elas.

Começou a chorar aos soluços e eu tive vontade de abraçá-la, mas eu não fiz nada. Só fiquei reparando nas gotas de lágrima que molharam de forma sublime o decote dela.

Ela reparou no cheiro de café, pediu uma dose dizendo que era pra se acalmar.

Quem toma café pra se acalmar? É como tentar apagar um incêndio com gasolina. Mas atendi ao pedido da bela moça com cabelos descoloridos.

Quando trouxe o café até ela, coloquei a mão em seu ombro, uma investida e ao mesmo tempo um gesto de conforto. Não sei bem se uma mulher se sente confortável quando um homem estranho lhe toca, mas é o que tínhamos para aquele momento.

Elogiou o café. Agradeci.

Seus ombros caíram, o pescoço à mostra. Eu conheço essa técnica: ela vai pedir desconto.

Ela mal sabia que eu poderia fazer o serviço de graça se ela pedisse com jeitinho. Bem, não de graça, em troca de "favores", se é que você me entende.

O ar estava quente e pesado. Ela começou a me encarar. Ela perguntou se não devia se vingar. Pagar com a mesma moeda. Expliquei pra ela que não faço "esse tipo de serviço", mas que podia indicar quem o fizesse.

Eu perdi minha deixa. Ela colocou o dinheiro em cima da mesa, a outra metade.

Contei. Ela deu as costas e eu pensei em dizer alguma coisa. Oferecer apoio, perguntar se ela estava bem e se queria que eu a levasse em casa. Talvez oferecer alguma coisa para comer.

Mas eu não disse nada. E nada aconteceu.

"ENSOLARADO"

Nada acontecia porque era um dia chuvoso. Ninguém entraria pela porta do escritório, e eu me sentia confortável pra colocar o meu jazz no toca-discos em forma de maleta. Coloquei os pés sobre a mesa, tirei o meu Bukowski da gaveta já surrado de tantas leituras e acendi um cigarro.

Eu gosto de dias chuvosos. Eu sempre tive esse fetiche estranho: o estranho prazer de sentir-me aconchegado sabendo que lá fora o mundo está desconfortável.

A cafeteira gorgolejava cuspindo água quente sobre o pó de café de uma marca local. Eu aprendi isso com um colega: marcas estrangeiras ou muito sofisticadas de café nunca são boas o suficiente. Exceto, é claro, aqueles que têm o preço pelo qual não podemos pagar. Mas as marcas de café locais, ah, elas sim têm um gosto bom.

Não falo daquelas marcas baratas que misturam gravetos e folhas fazendo com que o pó fique com gosto de carvão, mas falo daquelas decentes. Aquelas que têm propaganda numa rádio conceituada da cidade. É esse o pó que você precisa procurar por que ele é fresco e muitas vezes feito com carinho.

A chuva martelava a janela no ritmo da bateria da banda de Jazz que tocava. Era um dia perfeito, bom para relaxar e corrigir mentalmente os erros do passado, sustentando a ilusão de que eventos parecidos não ocorreriam no futuro.

Aproveitava para registrar algumas histórias. Mas não tenho muita disciplina em fazer isso, pois sempre sou interrompido com o abrir da porta do escritório, que vem com trabalhos e consequentemente com problemas.

Mas não hoje.

Hoje não há problemas e a porta descansa fechada, assim como eu.

E nada acontece.

"RESISTÊNCIA"

Ergui o pendrive diante dele, como um padre ergue a hóstia prestes a depositá-la na boca do fiel. E minha vontade era mesmo enfiar o dispositivo na boca do advogado mequetrefe que me avizinhava naquele maldito prédio cheio de putas e pilantras.

Toda vez que eu negociava com aquele safado eu me sentia como uma criança chinesa explorada numa fábrica de roupas, que produz lucro em troca de centavos. Mas o safado sempre aparecia nos momentos em que eu estava mais sedento por dinheiro. Ele parecia farejar minha necessidade como um urubu fareja a carniça.

E ele trazia café. Um maldito café supostamente francês que parecia ser extraído da maldita alma de um deus antigo. Foi assim que ele me colocou naquela enrascada, com uma xícara de café, e disso eu me lembro bem.

Entreguei o pendrive, mas não sem antes reclamar com pitadas de exagero sobre o trabalho que tive para obter aquele material. Eu sabia que ele revendia meu serviço por quase quatro vezes o valor que eu cobrava dele. Viva o capitalismo, não é? Graças aos boinas verde-oliva, este não é um país de comunistas. E portanto um safado consegue ganhar muito mais do que eu apenas sentando em cadeiras. Espero que ele tenha bolhas naquelas malditas nádegas.

Eu já prometi várias vezes a mim mesmo que não iria mais trabalhar pra ele. Mas não consigo.

Ele passa pela porta contente, como uma criança que acabou de comprar um doce, mas não sem antes me fazer elogios, dizendo que sou o melhor detetive com quem ele já trabalhou.

Aliás, isso entrega a idade. Ele é a única pessoa a me chamar de detetive.

A placa na minha porta diz "investigador particular". Até porque a palavra "detetive" me faz ter vontade de fumar, colocar uma meia-luz no escritório e substituir o ar-condicionado por um ventilador que gira em câmera lenta.

Eu sei que podia ter uma rotina ainda mais branda do que eu levo. Sei de caras que ganham a vida sem sair do escritório fazendo a tal da "investigação virtual". Ou seja, passam o dia todo no Facebook olhando fotos dos outros. E depois eu é que sou o trambiqueiro.

Ele colocou o envelope gordo sobre a mesa que na verdade era bem mais magro do que deveria ser, e depois de me cumprimentar como um velho amigo saiu da sala.

Abro a maleta-toca-discos e boto Miles Davis pra tocar. Aliás, aquele disco me lembra uma velha história cheia de conflitos e emoções. Mas hoje não. Hoje nada acontece, além de eu degustar uma xícara de café feito com um pó local que não lembra nem de longe o café francês do doutor pilantra.

... Nada acontece.

Nada.

"EXPRESSO"

Nada acontecia e dessa vez eu estava num motel com um pouco mais de qualidade. Pedi um balde de gelo e tinha meu punho direito enfiado dentro dele. O quarto tinha TV por assinatura, dessas que tem um canal de música, e um jazz aleatório tocava.

Eu mataria por um copo de café gelado: *cold brewed*, como dizem os americanos. Em Nova York, você pode tomar todos os tipos de café, não importa que horas são ou em que parte da cidade você está.

Se eu quiser um balde de café gelado em pleno inverno é só dar três passos em qualquer direção que pelo menos um *Starbucks* você irá encontrar.

Lugar engraçado.

Uma vez acompanhei um político, no meu antigo emprego. Andei por Nova York, "a cidade que nunca dorme", como dizem, servindo de pajem para o sujeito e sua amante. E aí você percebe que a cidade não é o que dizem, é mais.

O apartamento do hotel onde ele ficou tinha dois andares, e só a sala era

maior do que qualquer casa que eu já vivi
, quintal incluso. As paredes eram
revestidas de uma madeira lisa que eu
nunca saberia identificar, mas que
cheirava a garrafas de uísque de mil reais
recém abertas. A luz era amarela vinda de
uma lareira etérea que não podia ser
enxergada em nenhum lugar.

Ah, e couro. Tudo era feito de
madeira pesada ou couro. Também haviam
tecidos nobres, alguns finos e leves como
seda, outros grossos e com cheiro de coisa
de museu.

Ao enxergar as coisas nos filmes
que se passam em Nova York você não tem
ideia do quão luxuosa aquela cidade é.

Aqui no Brasil você vai num
barzinho com um cara tocando sertanejo
universitário num violão barato. Lá, em
qualquer restaurante você precisa de
reserva, e tocam músicas boas em
instrumentos que são no mínimo duas vezes
mais velhos que os próprios artistas.

Aquela viagem me deixou viciado em
Jazz e em comédias românticas que se
passam na cidade. Até hoje tudo me parece
um sonho. Tudo para agradar a amante de um
prefeito em Deus Me Livre.

Ah, o que aconteceu com o prefeito?
Ele está muito bem, obrigado. Hoje? Deve

ter se mudado para Paris. E eu continuo na bosta.

Não é mais político, agora vive dos rendimentos roubados de sua época de labuta. Ou seja, está muito bem aposentado. O cara tinha o dom, muitos saíram da área quando viram que ele ia se aposentar. E deu no que deu. Quando os ratos saem é porque o barco está afundando.

E afundou mais rápido que o Titanic. Eu? Sigo tocando violino.

Meu punho ainda dói. Peço café pelo interfone e escuto a pequena escotilha do quarto girar, proporcionando a entrega da bebida sem que haja o menor contato humano. Afinal de contas, as pessoas geralmente estão nuas nesses quartos.

É por isso que eu gosto de motéis. O mínimo de contato humano possível num serviço de hospedagem. Pego três cubos de gelo e jogo dentro do café. *Cold brewed*? Posso sonhar, não?

O motel está vazio.

Nada acontece pelo resto da noite.

"PÁS-COA"

Nada mais aconteceu depois que eu joguei a pá suja de barro no porta-malas do Santana Quantum cinza desbotado. Minhas mãos doíam, pra variar. O silêncio fúnebre do meio do mato parecia invadir os meus ouvidos como se fosse alguma espécie de pressão, como quando você mergulha fundo demais numa piscina.

Aquela terra parecia abandonada por toda forma de vida, como se um ranço maligno afastasse os seres vivos de lá. Fechei o porta-malas e o som pareceu tão estrondoso quanto um trovão. Entrei no carro e dei partida no motor, quando os faróis acenderam meus olhos doeram. Era a primeira vez que via luz em algumas horas.

Noite de merda.

Acendi uma cigarrilha sabor café e me senti como Clint Eastwood interpretando um personagem sem nome num faroeste italiano. Sim, eu gosto do velho apesar de minha cara preta ser mais parecida com a de suas vítimas.

Aliás, aquele dia não tinha sido diferente de um filme desses. Era sexta-feira "santa" e eu não queria que ninguém ressuscitasse no terceiro dia.

A fumaça invadiu meu pulmão e a falta de oxigênio me causou um torpor, seguido da nicotina que invade o meu cérebro e me faz relaxar por poucos segundos. O resto da experiência é apenas o burro ato de conseguir desenvolver câncer no futuro.

Depois de dirigir por uns vinte minutos paro à beira de um riacho. Abro o porta-luvas e por justiça poética retiro um par de luvas de couro as quais calço, e somente depois pego o revólver calibre 38, verificando se todas as cápsulas, agora vazias, ainda estão dentro do tambor, o que se confirma.

Trago o cigarro como um gesto ritual.

Atiro o revólver dentro do rio, de encontro aos peixes. Justamente no dia em que tradicionalmente as pessoas comem peixe nesse país cheio de tradições hipócritas. O que é engraçado é que, apesar de tudo, hoje eu não comi carne. Na verdade, hoje eu não comi nada. Será que isso caracteriza um jejum?

A minha sexta-feira nefasta chegava ao fim, e seria seguida por um sábado de tristeza e ranger de dentes, trancado no meu escritório picando papéis.

Esses idiotas sem experiência pensam que só picotar um documento resolve. Muita gente pensa que eu tenho um liquidificador no meu escritório para fazer *drinks*, quem sabe até mesmo um suco. Mas ele fica num canto tomando poeira aguardando momentos de desespero como esse.

Pego água do bebedouro, e os documentos vão para dentro do liquidificador.

Você deve estar pensando que eu tenho medo da polícia. Isso me faz rir. Seria inocente ter medo de funcionários públicos mal pagos que odeiam o trabalho que fazem. Os policiais não resolveriam esse caso mesmo que eu jogasse as pistas na cara deles, mesmo que eu tivesse partido esses documentos em apenas duas partes.

Agora, quando a história envolve os nomes certos, e a quantidade de dígitos correta eu já vi constituírem documentos queimados. Sim, queimados. Mas quero ver reconstituir um documento liquidificado. Quero ver transformarem essa gosma cinza que se forma no copo do aparelho. Quero ver resgatarem isso da tubulação de esgoto.

É tão perfeito que é quase como se

não tivesse existido.

Se as pessoas soubessem como é fácil se livrar de um crime neste país, elas não dormiriam à noite. Elas repousam suas cabeças no travesseiro acreditando que ao discar 190 uma viatura com profissionais de segurança-pública bem treinados virão ao seu socorro.

Isso é inocência. Quase tão idiota quanto acreditar nesses programas que prometem apagar um arquivo definitivamente do seu computador. É por isso que eu tenho um laptop frondoso no meu escritório, em posição de destaque com Gigas e Gigas de pornografia criptografada para chamar atenção de quem se meter a procurar alguma coisa por aqui.

Imagino a cara de um *nerd* ao terminar seu trabalho e vendo um belo vídeo do Kid Bengala. Mas espero que isso nunca venha acontecer. Os únicos que conhecem meus segredos são os leitores dessa história.

E que segredos podem ser guardados sobre uma narrativa onde nada acontece?

É meia-noite e eu estou num motel desacompanhado. Um motel a cada noite, evitando repetir sempre que posso. Sem informar a ninguém onde estou dormindo. Pagamento em dinheiro, sem rastros, sem interação humana. Carros alugados.

Eu sou um fantasma vagando pelo mundo, sem tocar ninguém, sem ser visto. Uma assombração.

Só espero que ninguém ressuscite no domingo.

"FETICHE"

Eu já estava de saco cheio porque nada acontecia. O barulho do ar condicionado velho me lembrava o urro de um berrante mecânico que parecia mergulhar no meu inconsciente. Desligar o aparelho não era opção, pois o calor que fazia parecia me lembrar do local onde eu iria após a minha morte.

Malditos prédios antigos.

Por algum motivo estético antiquado, os buracos destinados aos aparelhos de ar condicionado ficavam exatamente abaixo da janela, que não era muito alta. Talvez os arquitetos e engenheiros não levassem em conta o princípio básico da física de que o ar frio desce, e o ar quente sobe. Logo, o mais inteligente era colocar o ar condicionado acima da janela.

A porta velha não rangeria tão cedo. Ninguém passaria por ela. Nem mesmo o Doutor Pilantra que vinha prostituir o meu trabalho. Mas o café que ele trazia vai fazer falta. Nunca mais.

O telefone tocou.

Consegui sentir o cheiro de

espinhas e chulé do outro lado da linha. Um maldito adolescente quer saber se eu sou capaz de *"hackear"* contas do Facebook.

É claro que desliguei na cara dele.

Não estou nesse trabalho para satisfazer o desejo voyeur de um adolescente. Eu achava que estava aqui para satisfazer o desejo voyer dos *cornos*. Eles são quem pagam mais e nunca deixam de levar as fotos.

Eu sou bom com as fotos. E foi pensando que um corno que me contratou era um *voyeur* que eu quase me ferrei:

Posições comprometedoras e quase ginecológicas são minha especialidade. A pessoa que trai no começo toma cuidado: nunca marcam encontros em horários sistemáticos, mudam o local. Mas quando a coisa começa a ficar mais *intensa*, eles são capazes de fazer até mesmo dentro do carro.

Afinal de contas este é o país da impunidade. Mas apenas para alguns.

Às vezes, merdas acontecem. Um empresário uma vez pediu para que eu avisasse quando tivesse as tais "fotos comprometedoras", e pediu para informar o local. Cobrei o triplo do preço, mas ainda assim foi pouco. Eu pensava que ele era um desses caras que gosta de ver sua mulher ser "satisfeita" por outro homem, e caí na armadilha.

A mulher dele se enroscava libidinosamente com um negão num beco de madrugada. Ele tinha dito que queria ver com os próprios olhos. Quem sou eu para julgar os fetiches de outra pessoa? Ainda mais quando está pagando bem.

Quando ele descarregou a pistola no ricardão, eu juntei tudo que poderia me colocar na cena do crime e fugi. Nos jornais depois eu li que ele usou a pistola apenas com o amante, porque a mulher, ele matou a coronhadas.

Ele só tinha me pago metade do valor, é o adiantamento que peço. Noutro dia um envelope apareceu no escritório com a outra metade do pagamento. Qualquer pessoa com escrúpulos devolveria a grana, ou sei lá. Jogaria fora, daria pra um mendigo. Eu? Paguei as contas do mês e aprendi uma lição.

Mas hoje, nada acontece. Coloco os pés sobre a mesa enquanto acendo uma cigarrilha.

"BUSÃO"

Muita coisa acontecia... Quer dizer, mais ou menos.

O avião chacoalhava mais do que um pau-de-arara numa estrada de terra do nordeste. Eu estava enlatado com mais duzentas pessoas na classe animal há quase três horas sem poder fumar, bebendo um café instantâneo de merda e mais puto que o diabo diante da cruz.

Mas pelo menos eu estava recebendo, e por hora.

Tinha um cara da PF que sempre me pegava uma boa grana para fazer investigações para ele. Depois do Doutor Pilantra, ele era quem mais me explorava, mas pelo menos eu enfiava uma grana violenta no bolso, pois eu sabia que apesar de ele negar, quem tava pagando pelo meu honorário era o governo.

Meu trabalho era rastrear um malandro com uma mala cheia de dinheiro que seria entregue para algum bandido de verdade.

Sim, de verdade.

Eu não to falando de traficantezinho preto de favela, tô falando de homem branco, de meia idade, que anda de terno, gravata e colarinho branco.

Mas eu estava sentado na porcaria do assento do meio. Não tinha a *"vista"* da janela, nem podia ir ao banheiro sem ter de pedir licença ou pular por cima de alguém.

A grande pergunta que restava era como o safado tinha conseguido passar pelo Raio X?

Diz o jargão que a oportunidade faz o ladrão, mas na minha opinião eu sei que o bom ladrão faz a sua oportunidade. Tudo depende da quantia em jogo.

Com um solavanco o busão voador tocou a pista. As aeromoças e *"aeromoços"* emitiram um sorriso cansado e falso quando saímos do avião.

Ele chamou um Uber, eu subornei o taxista para ele seguir o Uber. Não. Não é como nos filmes onde você entra e diz pro motorista "siga aquele carro". Aqui, meu amigo, se não morrer um dinheiro você não faz nada.

O cara vai pra um restaurante chique.

Nada acontece.

35

"NUNCA"

Veja bem, você que lê isto nunca vai saber o que é estar sob a minha pele. Nunca vai saber o tédio de viver num ciclo eterno de erros que se repetem diariamente.

Num universo tedioso onde nada acontece.

Nunca vai sentir o vinco da cadeira velha do escritório te incomodando, ou o bafo de mofo que sai do *ar-condicionado*. Ou o gosto do grão de café amargo que parece se desfazer na boca.

Nunca vai saber como é comer fumaça em busca da paz da alma, engolindo fogo tentando apagar a chama da dor.

Você nunca vai sentir o *cheiro metálico* e ferruginoso de uma arma, sentir o seu peso, seu toque frio. Nunca vai tatear uma bala, colocá-la no tambor com a esperança de nunca usá-la, mas rezar para que a pólvora ainda esteja boa caso seja preciso.

Você nunca vai olhar pro seu celular como uma ferramenta misteriosa e ao mesmo tempo inútil. Nunca vai sentir ele esquentar no seu bolso e travar sem explicação aparente.

Nunca vai encarar a porta esperando que alguém passe por ela, preocupado em garantir a diária do motel onde vai passar a noite.

Você nunca vai saber o que é comer no mesmo restaurante por quinze anos. Mesmo arriscando a vida, mesmo *alternando horários*, mesmo não falando com ninguém.

Você nunca vai saber o que é pensar passar despercebido, mas ser conhecido pelos funcionários do lugar, e até mesmo pelo dono do restaurante. Mesmo sem nunca ter ao menos cumprimentado ninguém.

Você nunca sabe o dia da morte. Você nunca sabe se vai encontrar um restaurante com o mesmo tempero.

Dizem que se alguém lhe der um tiro na cabeça você não consegue nem mesmo escutar o som da bala. Você morre antes.

Bang.

"ALGO ACONTECE"

Por que algo tem que acontecer? Te pergunto sentado na cadeira velha sobre a minha mesa de madeira que foi comprada de um leilão de banco. Aliás, todos os móveis que cheiram a departamento público têm um motivo de ser nesse escritório.

Era uma vez um banco estatal que fechou e eu comprei uns móveis. Ponto final.

Por que algo tem que ter motivo ou explicação?

Por que vocês querem saber quem eu matei? Por que querem saber se eu matei alguém?

Alguém que já pode ter aparecido nessa história? E por isso eu fujo? Será que eu já não estava fugindo antes? Dos meus crimes? Dos meus inimigos? Da minha própria... Consciência?

Algo sempre precisa acontecer. Um mistério precisa ser resolvido. Somos assim, seres escravos dessa lógica que nós mesmos inventamos. A ficção precisa fazer sentido, mesmo que a realidade não faça.

Porque a realidade é assim: a gente se encontra, passa um tempo junto, divide experiências. Só isso.

Não há missão a cumprir, não há mistério ou segredo a ser esclarecido. A gente só trilha caminhos semelhantes por um tempo, depois cada um segue o seu.

Nada faz sentido, o universo é caos.

E assim me despeço olhando para porta ciente de que nunca mais vou ver aquele escritório. Talvez ele fique fechado por um tempo. Um tempo frio quando nada acontece.

"CINZAS"

Nada acontecia na cidade que já não era mais a mesma. O chão de tacos velhos dava um odor nostálgico à sala. Pensei no armário de metal novo que havia acabado de comprar, cheio de arquivos velhos que eu acabava de surrupiar do lixo de um escritório de advocacia no prédio ao lado. Portanto, a sala já não era mais a mesma.

A mesa arrojada feita de uma madeira escura era na verdade um compensado de melhor qualidade. Não se engane, não existe mais madeira de verdade hoje em dia, a não ser que você seja rico o suficiente para mandar fazer ou esperto de forma equivalente para comprar um usado em boas condições. Mas o meu veio de loja de departamentos, comprado num dos muitos cartões de crédito que não estão no meu nome.

Eu estava quase acabando de criptografar dez gigas de pornografia baixada no *piratebay* e ainda podia sentir o cheiro de plástico novo do monitor.

Alguém bateu à porta. Abri baforando uma tonelada de fumaça de cigarro na cara do enjalecado almofadinha na minha frente, e ainda assim ele me desejou boa tarde segurando para não tossir. Ele me disse que é um dentista que loca a sala ao lado.

Ele não perguntou, mas queria saber o que eu fazia ali enquanto julgava as caixas dos produtos novos no chão, um liquidificador e uma cafeteira. Havia num canto uma sacola plástica de supermercado com três quilos do café local. Explico que sou investigador particular, ele respondeu que entendeu que eu sou um "detetive". Faço cara de nojo.

Trocamos cartões. Ele anotou seu telefone particular no verso do dele esperando que eu fizesse o mesmo, mas eu deixei bem claro no meu olhar que isso não iria acontecer.

Bati a porta. Pus a cafeteira para gorgolejar.

Toda vez que o dinheiro acaba é isso. Tenho de começar uma nova temporada de serviços.

Mas hoje, nada acontece.

"VIRGEM"

Nada acontecia quando a moça mal vestida passou pela porta. Se sentou na cadeira sem convite e ainda perguntou se aquele cheiro que ela estava sentindo era de café. Antes que ela pedisse eu a servi.

Parecia ter mais de 30 anos, mas na verdade tinha pouco mais de dezoito e um sorriso falso.

Ela queria que eu achasse um cara, um antigo cliente dela.

Se a situação já não estava estranha antes, agora tinha piorado. Nunca na minha história como detetive tinha visto uma meretriz apaixonada em busca de dados pessoais de um cliente. Essas mulheres amam sexo com estranhos tanto quanto um mecânico ama graxa. Eu não comprei aquela história.

Mas eu precisava de dinheiro, e ela ofereceu pagar o dobro do meu honorário antes mesmo que eu dissesse quanto era. E olha que eu estava pensando no meu valor mais caro.

O negócio foi fechado com um gole de café. E meu erro maior foi apenas me preocupar com a capacidade de quitar a dívida que a "donzela" na minha frente teria. Aliás, essa era uma preocupação burra, porque a profissão da moça era uma das mais rentáveis, apesar dos percalços de seus expedientes.

Sem esforço descobri que o cara que ela procurava era um vereador do maldito inferninho onde eu estava morando. Será que ela queria chantageá-lo? O cara era um pastor conservador, desses políticos que usam o ódio das pessoas pra ganhar voto e dinheiro. Qualquer pesquisa de dez segundos no Google revelava que o cara estava envolvido num monte de escândalos de corrupção.

Mas nenhum escândalo desabonasse ser perfil no que se refere à "moral e os bons costumes".

Minha investigação mudou de lado. E logo descobri no laboratório mais próximo da casa da minha cliente um exame de gravidez em seu nome.

Positivo, é claro.

Xeque mate. Eu ia ganhar dinheiro dos dois lados. Eu ia chantagear o vereador e ao mesmo tempo receber da prostituta. Era uma jogada clássica, mas que pode dar muito errado se você não souber fazer.

Mas algo não cheirava bem. Era como um comichão dentro da minha mente, aquele tipo de comichão que te faz encontrar pulgas num motel cinco estrelas. Acho que vocês não sabem que tipo de sensação é essa: a de você pagar mais caro por luxo, mas sentir algo de errado quando entra no quarto... Eu preciso parar de dormir em motéis.

Continuando.

Depois de escutar *Lucille Bogan* por duas horas enquanto fumava e bebia, eu me fiz às seguintes perguntas: quem vai num detetive particular para procurar por um homem público? Que político idiota dorme com uma "puta" de esquina como aquela garota?

Quando me fiz essas perguntas, algo pareceu estalar dentro da minha cabeça. Enfiei as poucas coisas que tinha dentro do carro e estava prestes a abandonar a cidade. Aquilo era uma cilada.

A janela arreganhada do meu carro me ajudava a trazer sobriedade com o vento gelado da madrugada enquanto o cigarro me acalmava. A garrafa térmica cheia de café jazia acolhida no banco de passageiros aguardando para aplacar o meu cansaço e a solidão.

Uma xícara de café quente às vezes

é como um abraço.

Aí eu vi aquela placa verde com letras brancas dizendo: "Bem-vindo a Deus Me Livre". Eu estava num lugar esquecido por Deus e pelo diabo, um cemitério de pessoas vivas que nunca sairão do raio de trinta quilômetros de suas casas até sua morte.

Em Deus Me Livre uma puta pode ser ingênua e contratar um detetive para achar um vereador.

Em Deus Me Livre um vereador pode ser idiota e parar seu carro numa esquina.

Isso aqui é Brasil, um país de putas que adora ser fodido e mal pago por moralistas corruptos que se dizem santos salvadores da pátria.

Dei meia-volta, estava voltando para o motel, afinal de contas eu iria me dar bem e nada iria acontecer. Não é?

Assim eu esperava.

"MUSEU"

Apesar de todo o rebuliço nos jornais locais, nada acontecia.

Vivemos numa época em que, em menos de um segundo, você consegue saber o que está acontecendo no Japão com um clique. Mas se você quer saber o que realmente acontece numa microrregião do interior deste país, você precisa ler os jornais locais.

Sim, eu acabei de dizer que é mais fácil você saber o que está acontecendo em Tokyo do que na rua principal de Deus Me Livre, esse projeto de cidade no qual eu decidi me esconder.

E o Jornal Número Um do lugar dizia de uma série de incêndios atribuídas a um "suposto terrorista político interessado em afundar a candidatura do prefeito a deputado federal".

E a eu preciso abrir aspas pra vocês aqui e explicar que, o povo não sabe, mas mesmo que o prefeito tivesse dez vezes os votos da população completa de Deus Me Livre ele talvez não fosse eleito. Mas o partido obrigava ele a concorrer porque seus poucos votos ajudariam a eleger algum desconhecido, mas o que interessava mesmo era às verbas de campanha e os CPFs dos prefeitos e seus aliados para lavar dinheiro.

O Jornal Número Dois dizia que o incendiário seria um herói que simbolizava a revolta popular com a política corrupta do nosso Brasil - sim, como se o país inteiro estivesse interessado pelo que acontecia naquele buraco sepulcral.

Até agora a "série de incêndios" que vendia jornais consistia em dois eventos: o curral do seu Mané e a Casa de Cultura de Deus Me Livre, mais conhecida pelos ignorantes cidadãos como "O Museu".

Veja bem, eu não estou querendo construir conspirações aqui. É que para uma cidade do tamanho de um ovo igual a Deus Me Livre, dois incêndios em menos de seis meses era algo realmente assustador. Devo dizer por sinal que dava gosto de ler os dois jornais do lugar. Isso porque eles ainda escreviam como se escreveria em 1930, com palavras rebuscadas e português corretos. Parecia que eu ia ler uma citação a Getúlio Vargas em algum lugar.

Ah, e sem trocadilhos! Aqueles jornais não faziam trocadilhos! Levavam a notícia a sério. Talvez até a sério demais.

Por ser novo na cidade, sem querer, eu acabei chamando a atenção de certos poderosos. Fui chamado como consultor da prefeitura na história do incêndio do Museu.

É importante destacar aos senhores que eu não sou perito em merda nenhuma. Eu tenho um tato diferenciado pra pessoas, é isso que me torna bom em ser detetive. Eu não preciso mentir aqui, me esqueço disso: Ter tato com pessoas, me tornava bom em tirar dinheiro de pessoas que pensam que precisam de um detetive.

Cidades do interior do interior como Deus Me Livre têm uma carência muito grande de profissionais, ou quem sabe, de pessoas que não fossem analfabetas funcionais. Por isso me vi ganhando uma pequena fortuna para dar consultoria de algo que eu não entendo.

E, e veja bem, eles pareciam ter ciência disso. Só queriam mostrar que estavam interessados no assunto. Afinal de contas, narrar que o incêndio era criminoso era muito mais interessante do que assumir a clara verdade: o museu pegou fogo por falta de manutenção. Abria apenas em datas especiais, tinha apenas um funcionário e nenhuma licença para operar em segurança, nem a mais básica licença dos bombeiros.

"Como algo da prefeitura não tem licença dos bombeiros?", o inocente vai me perguntar.

O exemplo claro disso é um carro de prefeitura: você acha que carro de prefeitura faz revisão? Paga IPVA? Você acha que carro da prefeitura toma multa? Se der bobeira o motorista nem carteira tem.

Foi assim que o museu pegou fogo. O incendiário era a burocracia. Caso resolvido.

O que eu disse pro prefeito e pros dois jornais? Que as evidências apontavam para um criminoso de fora da cidade. Ficaram satisfeitos com a minha fala, e o prefeito disse exatamente o que eu lhe relatei no Jornal Número Um.

O Jornal Número Dois decidiu inventar que o museu fora sabotado, pois continha provas históricas de que as fazendas da família do prefeito eram fruto de grilagem sobre terras indígenas. E agora o Jornal poderia inventar o que quisesse, pois não haveria como provar - nem desprovar.

Por enquanto, nada acontece, e a única coisa pegando fogo por aqui é o meu cigarro.

"CÃO"

Nada acontecia porque agora eu era funcionário público de Deus Me Livre, uma cidade do interior do interior do intestino só Brasil. Eu mantinha meu escritório aberto mais por inércia do que por vontade de trabalhar. Mas eu seguia o roteiro do papel que me deram e comparecia toda vez que o prefeito me chamava. Depois ele passou a ir no meu consultório. Era um homem rude com ar de coronel, mas parecia gostar daquele teatro de consulta particular.

Ele continuava pagando e eu atuando. Eu daria cambalhotas pelo dinheiro que ele pagava.

Um dia o autoritário prefeito me entra no gabinete com um semblante de preocupação. Ele não sabia explicar. E falava de forma desconexa sobre o desaparecimento de um tal de Ted.

Demorei a entender que o tal sujeito era um cachorro que havia fugido de casa. Isso porque a forma como o homem falava de seu melhor amigo poderia facilmente ser confundida com a forma como ele falava de um filho.

Minto: eu nunca o vi falar de um de seus filhos com tanto carinho.

Veja bem, eu não sou nenhum especialista em animais, mas não foi difícil achar o bicho. Vocês precisam entender que enquanto gente de verdade passava fome na zona rural da cidade, eu tive a ajuda da polícia e até um mandado de busca em aberto para poder entrar na casa dos outros e achar o cachorro, que foi encontrado em menos de duas horas.

Eu tenho nojo de quem gosta mais de animais do que de gente. E olha que eu não sou fã de gente. Pouco fiz, mas agora mais do que nunca eu estava nas graças do homem mais poderoso de Deus Me Livre.

Mas, apesar disso tudo, nada aconteceu.

"FACADA"

Quase nada acontecia em Deus Me Livre, e quando acontecia nunca era o que parecia.

Apesar do bom salário, estava chegando à conclusão de que tinha virado um jagunço do prefeito, porque meu próximo caso foi investigar uma estranha... Facada.

No evento de inauguração do Museu que recebeu verbas privadas, federais e celestiais para sua reconstrução, que obviamente foram desviadas, um vereador presidente da câmara que havia sido acusado de corrupção foi esfaqueado.

O jornal de apoio ao governo começou a especular. Disse que tanto o incêndio da casa de cultura quanto o ataque ao ilustríssimo tratavam-se de uma conspiração da dita "oposição".

Como se existisse oposição em Deus Me Livre.

Na verdade, naquela cidadezinha no interior do intestino do Brasil existiam apenas dois lados: o do povo, e o "deles". E "eles" tinham um grande acordo municipal, com os juízes e com tudo. De vez em quando ensaiavam uma briga para dizer que tinham divergências, e até tinham, mas todos concordavam de forma sólida em sempre, acima de tudo, se dar bem.

O povo com memória curta mudou o boato das acusações de corrupção para a facada. Em cada boteco, em cada esquina só se falava disso. Poucos tolos disseram que tudo era armação para que o povo esquecesse dos escândalos políticos. Esses eram rechaçados e vítimas de piadas e insultos. Os que mamavam nas tetas públicas diziam se dizer de um atentado, e esta, é claro, era a versão oficial.

O esfaqueador, claro, foi linchado em praça pública como em qualquer cidadezinha do interior que preza por seus hábitos civilizados. Afinal de contas, Deus Me Livre era uma cidade de bem.

Mas quem era ele? Quais eram seus motivos? Deviam ter perguntado antes de matá-lo. Antes de um adolescente patriota deslocar sua mandíbula com um pedaço de pau e uma criança sorridente afundar seu crânio com um paralelepípedo, tudo isso enquanto os demais cidadãos se acotovelavam para dar chutes e pauladas no corpo já imóvel do criminoso.

Mais um caso para o meu exemplar

talento investigativo.

Com duas horas num boteco e depois de gastar cinquenta reais com cerveja - que seriam reembolsadas pelo governo municipal, é claro - a verdade apareceu tão cristalina quanto um dia de verão: o esfaqueador era na verdade um dos meus queridos cornos.

O vereador que se servia da esposa dele há anos. Humilhado e magoado, o homem decidiu tomar uma atitude, como dizem os cidadãos de bem, ele tinha que "lavar sua honra". Mas o prefeito não se interessou pela verdade, como sempre, construindo sua própria versão. E o resultado, você sabe: Nada acontece.

"51"

Eram nove da manhã e eu já estava bêbado. Nada acontecia.

Eu estava tonto, minhas pernas estavam moles. Mas sabe quando você ainda não bebeu o suficiente? Quando ainda falta um pouco pra você relaxar? Deixei a chave do escritório cair no chão e quando me abaixei o mundo girou. Quando percebi já estava deitado no piso frio do corredor escuro do prédio cheio de dentistas, médicos e outros picaretas.

A atendente cruzou a porta de vidro e me perguntou se eu estava bem. Comecei a rir.

Eu só precisava de um copo de café. O meu café, feito na minha cafeteira com meu filtro de papel. Aquele café amargo delicioso que tem gosto de grãos frescos. Não aqueles cafés de padaria, coados, que ficam queimando naquelas máquinas sujas e nojentas. Não um expresso feito com grãos velhos que têm gosto de carvão. É por esses cafés merdas que muita gente bebe café com açúcar. Eles enchem o café dessa merda pra não sentir o gosto verdadeiro daquela porcaria.

Eu sei. Hoje eu estou revoltado, isso é porque não tinha nada pra fazer. O ócio é um veneno que corrói o humor aos poucos. Mas minha conta bancária estava saudável porque o prefeito de Deus Me Livre estava feliz. E você sabe, gente feliz não enche o saco de ninguém.

Com dificuldade enchi o bule da cafeteira de água, carreguei o reservatório, posicionei cuidadosamente o filtro e quando abri a lata de café vi que havia menos do que uma medida de pó e embaixo da lata havia um bilhete escrito por mim mesmo dizendo "comprar mais café".

Nesse momento odiei a versão de mim mesmo do passado por fazer isso comigo aqui no futuro. Como eu sou idiota.

Bom, eu queria relaxar, acendi um cigarro e me dei conta de que ia começar os trabalhos mais cedo. Afinal de contas eu sempre mantinha uma garrafa de Jack numa gaveta para emergências. Vi isso num filme preto e branco e decidi adotar a estratégia. Funcionou.

Enchi o copo e percebi que era o último também. Meu deus do céu, eu do passado, odeio você! Vinte minutos e quatro cigarros depois eu estava sem bebida e sem café e o Tommy McCLeannam tinha parado de cantar.

E, por Deus, eu ainda não estava bêbado o suficiente para aguentar as quatro paredes daquele escritório o resto do dia. Eu não tinha mais para onde ir.

Desci e entrei no carro. Me lembrei que havia uma "venda" na entrada da cidade com umas garrafas quando cheguei nesse lugar. Dirigi por uns quinze minutos até lá. O cara fez uma expressão engraçada quando eu perguntei se ele vendia Jack. Tentei explicar que se tratava de um uísque que era bom, mas não era tão caro assim. Uma garrafa bonita, rótulo preto, líquido dourado.

Ele me ofereceu uma garrafa de velho barreiro e eu mandei ele a merda.

Nenhuma padaria, boteco ou mercado da cidade tinha meu líquido precioso, e eu já estava ficando sóbrio.

Passei duas horas conversando com um mendigo sobre qual era a melhor marca de café da região, afinal de contas como eu já falei pra vocês em outra história, os melhores cafés são aqueles que são produzidos próximo a cidade. Mas o cara tentava me convencer que o café de uma marca famosa era melhor.

Confio em mendigos para essas coisas. Eles fumam muito e quem fuma entende de café.

Café & Cigarros

Meu estômago doía como se eu tivesse levado uma facada e aí eu lembrei que tinha comido três maços de cigarro no dia de hoje, e estava sem café. O cara também me falou que talvez eu encontrasse uma bebida mais requintada na cidade vizinha que ficava a nada menos que uma hora de estrada vertiginosa cheia de curvas.

Eu estava de ressaca, com dor e sem café. Mas botei gasolina no maldito carro e peguei a estrada.

Trezentos reais.

No mercado mais chique que havia na cidade eu encontrei uma garrafa de meio litro de Jack por malditos trezentos reais. Dinheiro não era problema, mas eu claramente estava sendo feito de otário. Quem era eu pra pensar que num lugar esquecido por Deus eu ia conseguir encontrar bebida por um preço justo? Eu achava que pelo menos o diabo prezava pelo bom álcool, mas eu estava enganado.

Acabei comprando a marca de café que o pedinte havia me indicado.

Voltei dirigindo que nem um maluco pro meu escritório. Bebendo dentro do carro. Claro, eu havia comprado duas garrafas. Fui parado pela polícia, mas o nome do prefeito e um peixe me deixaram impune.

Uma garrafa já tinha ido embora quando eu cheguei no escritório sedento por café. Já era fim de tarde, mas o centro da cidade já estava tão deserto quanto num domingo à tarde.

Fiz o café, o cheiro que subiu me agradou. A xícara quente aquecia minhas mãos e o cheiro do grão acalmava minhas narinas. Provei. O café tinha gosto de morte.

Era o sabor de uma vida fria e amarga, embalada numa caixa chique, mas cheia de fezes por dentro. Um gosto frio, pessimista e cheio de medo, de paranoia, mas principalmente um gosto de solidão.

— Filho da puta.

Now, ev'rytime I see you, babe
You at some whiskey joint
Standin' around Mr. Crowley
Beggin' for one mo' half-a-pint

O mendigo desenhou um sorriso podre em sua cara nojenta quando me viu. Perguntou se eu tinha gostado do café.

Era Deus Me Livre e não tinha

ninguém na rua.

Era Deus Me Livre e ninguém se importava.

Descarreguei o 38 no mendigo, coloquei o que sobrou no porta-malas e fui dar um passeio ciente de que nada ia acontecer.

"OBTURAÇÃO MENTAL"

Ergui-me da minha cama como um vampiro desperto do sono de mil anos, mas surpreso em perceber que apesar do tempo que se passou as construções mudaram, mas os habitantes pensavam e agiam do mesmo modo. Apenas, talvez trocavam suas tochas por *tweets* e suas fogueiras por prisões. Ao menos na fogueira o sofrimento tinha prazo.

Deus Me Livre é uma cidade onde nada acontecia, mas não porque não havia eventos, é porque algum feitiço bizarro parece ter feito a mente das pessoas parar no Século IV depois de Cristo.

Em Deus me livre algumas coisas pequenas chocavam a população, como numa vez em que o padre atrasou a missa em 15 minutos. Outras coisas como uma morte soam irrelevantes, isto é, dependendo do sobrenome do defunto é claro.

Deus me Livre não tem padarias, tem A padaria e todo mundo conhece o padeiro, Deus Me Livre não um dentista, tem O Dentista, filho de dentista cujo primogênito herdará o consultório.Deus Me Livre só não tinha detetive.

Qualquer um queria estar no meu lugar, alguns vão dizer: amigo do rei, impune e livre pra fazer o que quiser. Mas quem é você pra dizer como eu devo me sentir, não é?

As pessoas seriam capazes de inventar justificativas para qualquer merda que eu fizesse, eu nem precisaria me defender inventando uma desculpa. Eu sabia o nome do juiz e do carrasco, eu era amigo do carcereiro.

Os filósofos mortos diriam que o maior pesadelo de um homem é ter tudo que deseja. Talvez eu seja um midas de merda, transformando tudo que eu toco em morte e desespero. Eu sou como um demônio que não pode ser destruído, apenas expulso. E que pode voltar a qualquer momento.

Eu tomava café de bosta de civeta prensado por uma máquina supostamente construída por um francês. Uma história boba pra justificar o amargor que eu sentia. Afinal tem certas coisas na vida que simplesmente a gente não melhora colocando açúcar.

O dentista foi o primeiro. Ele era meu vizinho de escritório. Chegou com uma conversa sobre uma dívida de jogo que eu não sabia se era um trabalho ou um convite. Eu já tinha vícios demais. Foi quando eu entendi que a cidade entende um detetive como um avatar do brasileiro médio: o resolvedor escuso de problemas.

Sugeri o valor mais alto que eu poderia cobrar, mas o dentista não pareceu se surpreender. Imagino então quanto ele estaria devendo, porque vocês sabem, eu sou bom no que faço.

E de fato o dono do cassino clandestino me mostrou a nota do dentista. Lembra, eu sou amigo de todo mundo? Negociei, afinal de contas o que o dentista devia era quase dez vezes mais do que ele ia me pagar. O agiota do cassino então me ofereceu três pontos.

Não era pelo dinheiro. Minha conta bancária em nome de laranja analfabeto (que era o que a cidade mais tinha) estava com mais dígitos do que eu sabia contar. Era pelo olhar de surpresa na cara do dentista quando eu narrei que sabia a rotina do filho dele que estudava numa faculdade na capital a centenas de quilômetros daqui. Foi pra ver o olhar de súplica do "doutor" respeitado na cidade.

Dívida de jogo, que clichê! Nem mais isso dava prazer. Era como uma reprise da sessão da tarde.

As pessoas não me negavam nada. Eu tinha tanto dinheiro, mas não precisava gasta-lo. Nem mesmo para subornar testemunhas. Ninguém se importa de onde eu vim, o que eu faço é normal, afinal de contas estamos em Deus Me Livre, e oficialmente, nada acontece.

"PAZ"

Presidente, embaixador... Nada acontecia quando eu passava a noite em claro fumando e tomando café sem parar enquanto ouvia um jazz moribundo num hotel com nome de cargo político que é pra parecer que não é uma espelunca.

Deus Me Livre só tinha um hotel, é claro, e não era lá um "cinco estrelas". Mas naquela noite eu estava cansado das camas pulguentas de motel das estradas e decidi dormir num local que fosse mais confortável e perto do serviço. Uma cama decente serviria melhor para curar a ressaca que era a minha vida. Aquela cidade amaldiçoada era habitada apenas por fantasmas durante a madrugada. Só era possível ouvir o gemido do vento e o canto dos insetos que parasitam a noite.

Foi quando um pneu decidiu entrar no coral do vento e dos insetos com seu grito estridente me fazendo saltar da cama com o 38 em punho. Olhei pela janela enquanto via um sujeito descer do carro com uma maleta e quebrar o vidro do único caixa rápido de Deus Me Livre. Deitei na cama voltando a relaxar. Já era comum pequenas quadrilhas roubarem caixas eletrônicos de cidades do interior.

Aquilo não era problema meu. Mas aí eu lembrei que estava duro e precisava sacar dinheiro amanhã.

O capiau do balcão do hotel me mandou voltar pro quarto dizendo que estava meio perigoso lá fora naquele momento. Ele não queria perder o único hóspede, é claro. Mandei ele calar a boca, acendi um cigarro e passei pela porta de vidro. Os sacanas já preparavam os explosivos, mas o que explodiu mesmo foi a cabeça do motorista quando eu atirei nele.

Três caras, cinco balas. Eu estou com a vantagem.

Não procurei cobertura, e atirava com uma mão só, puxando o cão do 38 com a mão do cigarro e me sentindo um pouco como o Clint nos filmes de faroeste italianos.

Os caras estavam tão nervosos que só sacaram depois que eu acertei o segundo no peito.

Dois caras, quatro balas. A vantagem aumenta.

Eles atiraram de volta e meu azar foi tanto que o diabo desviava as balas do meu corpo, prolongando assim meu sofrimento. Atirei com o 38 indiscriminadamente. Todo mundo caiu, menos eu.

Me aproximei pra ter certeza de que que o caixa está intacto. Dei um trago no cigarro.

Um deles não estava morto e esticou a mão em direção a sua pistola 380 tentando me surpreender. Apontei o 38 para o meio da cara do safado, e ele congelou me olhando com cara de dúvida. Então eu decidi brincar:

— Você deve "tá" se perguntando: "ele deu cinco tiros, ou seis?", mas essa não é a pergunta certa. A verdadeira pergunta aqui é: "eu estou com sorte?" Então é você que decide se essa nossa conversa vai ser resolvida pela sorte ou pelo bom-senso. Está nas suas mãos.

Ele recuou e eu chutei a pistola pra longe. Mas engasgando com o próprio sangue o maldito tinha que me perguntar:

— Eu preciso saber...

— O que?

— As balas tinham acabado?

Me aproximei, dei um trago no cigarro. Apontei o 38 para a cabeça dele e atirei.

Passando pela recepção o capiau me observou com olhar de espanto. Peguei a garrafa de café do balcão e sem olhar pra cara dele subi com ela pro quarto.

Nada acontece.

"ANJO DA VIDA"

Muita coisa aconteceu em Deus Me Livre depois que eu escrevi o último capítulo. Bom, em resumo parece que o incidente do caixa eletrônico que você leu me tornou num herói municipal.

Sim, em Deus Me Livre assassinos a sangue frio são heróis e eu me sinto como se o diabo estivesse pregando uma peça em mim: quanto mais pecados eu cometia, mais sorte eu tinha. Quanto mais veneno eu tomava, mais saúde me era concedida. Quanto mais merda eu fazia, mais as pessoas me adoravam.

Afinal de contas, isso aqui é Deus Me Livre. Um inferninho cheio de almas penadas e parece que quanto mais eu fizesse as pessoas sofrerem mais o diabo gostava de mim. E agora eu era o funcionário do mês.

Já era o segundo mandato do demônio que as pessoas chamavam de prefeito, e agora, com seis meses faltando para a eleição ele me colocou como chefe de gabinete. Eu sei o que ele queria na verdade: que eu usasse o meu talento para atender as pessoas que iam procurá-lo para resolver problemas.

E meus dons eram especificamente: ler pessoas e resolver problemas.

Como o senhor que precisava cortar uma árvore mais a secretaria de meio ambiente não deixava por alguma besteira como "árvore centenária", "legislações ambientais" e, blá, blá, blá. Dois cafezinhos com o cara que resolvia e tava tudo certo.

Eu já não precisava nem mais usar o nome do prefeito. Todo mundo já me conhecia.

O filho de um pobretão foi preso por porte de drogas. O homem dizia que ele era usuário, doente, coitado. O problema é que a PM da cidade vizinha pegou ele com o porta-malas com algumas centenas de quilos de maconha. Um papo com o juiz, que me pediu um favor em troca: dar um "jeito" no namoradinho adolescente da filha dele. Eu sou ótimo em dar jeitos. Nada que uma noite no puteiro regado a drogas e whisky não fizesse um rapaz de 17 anos mudar de ideia sobre relacionamentos sérios.

Ah, o filho do pobretão foi solto. O prefeito me disse que a família dele ficou muito grata, e esta família tinha centenas de votos, pois homem apesar de pobre parecia ser muito influente em seu bairro.

E quando a eleição chegou, sem cerimônia, fui obrigado a ser candidato a vereador. Mesmo com identidade falsa, mesmo não podendo aparecer em nenhuma tela. Esvaziei todas as contas de laranja, lotei o porta-malas de café e cigarros. E meti o pé.

Adeus, Deus Me Livre.

Horas e horas dirigindo sem rumo até parar numa cidade obscura. Eu mal sabia em que estado do Brasil eu estava.

Por um mês eu fiquei num quarto de hotel bebendo. No segundo mês eu aluguei de boca uma sala comercial num edifício no centro da cidade. No terceiro dia eu cheguei para trabalhar e havia sete homens na sala.

Ninguém vende a alma para o diabo e sai ileso. Uma hora ou outra seus cães vêm buscar sua alma. Os móveis ainda estavam dentro das caixas. Eu carregava uma pasta cheia de processos velhos que havia acabado de catar no lixo de um advogado.

Pediram para que eu fosse inteligente e não fizesse movimentos bruscos. Mas num solavanco eu joguei a pasta para o alto e a sala se encheu numa chuva de documentos. Saquei o 38 enquanto chovia burocracia. Meu 38 só sabia contar até seis. Meu dedo calejado de puxar o gatilho poderia erguer um saco de cimento se fosse preciso.

Um cão acertei na cabeça, o segundo uivou quando a bala passou pelo peito, o terceiro voou pela janela, o quarto jorrou sangue quando a bala arrancou um pedaço do seu pescoço, o quinto nem entendeu o que havia acontecido com seu olho, o sexto engoliu a bala que saiu pela sua nuca.

O sétimo.

O sétimo havia aceitado sua morte, nem tentou sacar a arma. Olhou profundamente nos meus olhos esperando o estouro da pólvora. Eu apontava o revólver para ele. Pude ouvir o estalo na mente dele quando ele percebeu que as balas tinham acabado.

Eu vi no sétimo o olhar compadecido do anjo da morte enquanto ele sacava uma maldita Desert Eagle cromada. Ele era negro e tinha o rosto mais feio que já tinha visto na vida, porque parecia que sua cara tinha sido protagonista de um churrasco malfeito.

O anjo da morte se aproximou com calma e, sem complacência, encostou o cano do canhão de mão na minha testa.

FIM.